우체부 파울 아저씨

Original title: Briefträger Paul

Originally published in Austria by: Picus Verlag Ges.m.b.H., Vienna

© 2000 Picus Verlag Ges.m.b.H., Vienna

Korean Translation Copyright © 2003 by Munhakdongne Co.

Korean language edition arranged with Picus Verlag through Shin Won Agency Co.

우체부 파울 아저씨

미하엘 슐테 글 디터 콘제크 그림 이은주 옮김

문학동네

차 례

단 한 통의 편지도 받지 못한 사람들 ● 7

캐나다에서 날아온 편지 ● 18

드디어 편지 쓰기가 시작되다 ● 30

고래등 위의 카페 ● 43

트린첸 아줌마의 아슬아슬한 여행 계획 ● 54

우리에게 파울 아저씨를! ● 66

입맞춤, 그리고 이야기의 끝 ● 82

옮기고 나서 ● 84

단 한 통의 편지도 받지 못한 사람들

어느 날 갑자기 부름지힐러 정육점에서 물건을 싸게 팔았습니다. 온갖 종류의 소시지와 갈비, 돈가스용 돼지고기, 소 뒷다리, 간으로 만든 치즈를 비롯한 것들을 단 몇 페니히*에 판 겁니다. 마을 사람들은 모두 이 갑작스런 할인 판매의 이유를 알고 있었어요. 거기엔 아주 슬픈 이유가 있었지요.

오랫동안 정육점을 운영해 왔던 부름지힐러 아저씨가 지난 화요일 밤 갑자기 돌아가셨습니다. 그래서 아저씨보다 젊기는 하지만 아저씨처럼 몹시 뚱뚱한 마르테 아줌마가 혼자서 가게를 꾸려 가게 되었지요. 하지만 아줌마는 이틀 동안을 고민하

---

* 독일의 화폐 단위. 1마르크는 100페니히.

다가 결국 가게 문을 닫기로 결정했습니다. 그 동안 저축해 둔 돈으로 생활하며 밭에서 채소를 가꾸고, 마을 광장에 모여 있는 새들에게 모이나 주면서 한가롭게 살겠다고 마음먹은 것입니다.

마을 사람들은 거의 모두 아저씨의 장례식에 참석했고, 손님들은 모두 '황금돼지식당' 으로 초대를 받았습니다. 식당에는 정육점에서 다 팔지 못한 고기로 만든 음식들이 푸짐하게 차려져 있었습니다.

손님들 중에는 우체부 파울 아저씨도 있었습니다. 파울 아저씨는 마을에 한 명뿐인 우체부이자 하나밖에 없는 우체국의 국장입니다. 아침 일찍 일어나 편지와 소포를 배달하고 나면 아저씨는 두 시간 정도 쉬면서 소시지를 넣은 빵을 먹거나 잠깐 눈을 붙이지요. 오후에는 우체국 창구에 앉아 우표를 팔거나 소포와 등기 우편물을 받고요. 그리고 다음 날 배달할 우편물을 정리한 다음, 그 날 들어오고 나간 돈을 계산하고 나면 아저씨의 하루 일과는 끝이 납니다.

파울 아저씨는 목요일을 제일 좋아했습니다. 목요일은 부름지힐러 정육점에 아저씨가 가장 좋아하는 순대와 소시지가 새

로 들어오는 날이거든요. 목요일이면 아저씨는 정확히 열두 시에 순대와 소시지, 그리고 새콤한 양배추 샐러드를 사러 정육점으로 갔습니다. 마르테 아줌마는 정오가 되기 십오 분 전에 소시지를 오븐에 구워 미리 준비해 두었습니다. 파울 아저씨가 집으로 가자마자 바로 따뜻한 식사를 할 수 있도록 말이지요.

그런데 부름지힐러 정육점이 문을 닫고 난 뒤부터는 목요일이 되어도 순대와 소시지를 더 이상 먹을 수 없게 되었습니다.

파울 아저씨는 아저씨가 제일 좋아하는 음식을 포기해야만 했습니다. 마르테 아줌마 역시 목요일마다 찾아오는 파울 아저씨를 반겨 줄 수 없게 되었습니다. 아니, 이제 아줌마는 파울 아저씨를 아예 볼 수 없게 되었습니다. 아줌마는 한 번도 우편물을 받아 본 적이 없었거든요.

마을에는 마르테 아줌마 말고도 엽서 한 장 받아 보지 못한 사람이 두 명 더 있었습니다. 바로 꽃집을 하는 트린첸 아줌마

와 이삿짐 센터 주인인 루프레히트 아저씨였습니다.

트린첸 아줌마는 꽃가게에 있는 시들어 버린 데이지처럼 항상 슬픈 표정을 하고 있었습니다. 루프레히트 아저씨는 할 일이 별로 없었고요. 마을 사람들은 아무도 이사를 하지 않았으니까요.

매일 아침 파울 아저씨가 우편물을 배달할 때마다 루프레히트 아저씨는 정원의 작은 문 앞에 서서 물었습니다.

“파울, 내게 온 편지는 없나?”

파울 아저씨의 대답은 매일같이 똑같았습니다.

“오늘도 없군요. 혹시 내일은 올지도 모르겠네요.”

마르테 아줌마 역시 매일 정원 문 앞에 서서 파울 아저씨를 기다렸습니다. 예전엔 정육점 일이 너무 바빠서 아줌마는 우편물이 오지 않는다는 사실도 미처 깨닫지 못했는데 말이에요.

물론 한 달에 한 번씩 전기세와 전화세, 수도세 고지서를 꼬박꼬박 받긴 했지만, 이런 것들은 우리를 즐겁게 해 주는 진정한 의미의 편지는 아니잖아요. 진정한 의미의 편지란 친구나 친지가 그간 어떻게 지내고 있는지, 그 동안 뭘 했는지를 알려 주거나, 다른 도시에 사는 아주머니가 지난 주에 머리를 새로 했다거나, 겨울 마지막 바겐세일에서 양말을 몇 켤레 샀다거나, 아니면 옆집에 사는 사람이 감기에 걸렸다거나 하는 새로운 소식들을 담고 있어야 하니까요.

어쨌든 마르테 아줌마와 트린첸 아줌마, 그리고 이삿짐 센터의 루프레히트 아저씨는 매일같이 편지를 기다리지만 아직 한 번도 받아 본 적이 없답니다.

트린첸 아줌마는 이 마을에 하나뿐인 꽃집의 주인입니다.

아줌마는 꽃을 가꾸는 일을 정말 좋아했어요. 장미와 백합, 선인장의 꽃망울 사이에 앉아 갖가지 꽃향기를 맡으며 손님을 기다리는 일은 즐겁기만 했습니다. 아줌마는 가게에 앉아서 종종 공상에 빠지기도 했지요. 가게에 있는 갖가지 꽃들이 여러 나라에서 피어나는 멋진 광경을 상상하느라 꽃에 물 주는 것을 잊어버린 적도 많이 있어요. 그래서 시들어 버린 꽃들을 간신히 팔곤 했어요.

매일 아침 여섯시면 파울 아저씨의 자명종이 울립니다. 아저씨는 조금이라도 더 자려고 베개 속에 머리를 묻으며 머뭇거리다가 마지못해 일어납니다. 그러고는 이를 닦고 면도를 하고 샤워를 한 다음 파란색 제복으로 갈아입지요. 우유에 탄 콘플레이크 한 접시와 커피 한 잔으로 간단히 아침 식사를 하고 나면 벌써 무거운 가죽 가방을 둘러매고 나서야 할 시간입니다.

날씨가 좋을 때, 우편물을 전해 주는 일은 더없이 즐거운 일입니다. 하지만 비가 억수같이 쏟아지거나 눈이 1미터씩 쌓이는 겨울날, 혹은 찌는 듯이 더운 여름날에는 여간 힘든 일이 아니지요. 그럴 때마다 파울 아저씨는 생각한답니다. 우체부가 아니라 이발사나 서점 주인이었더라면 하고 말입니다. 이발사나 서점 주인이나 선생님이나 서커스의 광대들은 바깥 날씨가 어떻든 상관 없이 항상 건물 안에서 일을 하니까요.

날씨가 너무 덥거나 추울 때, 혹은 비가 내리는 날이면 파울 아저씨는 동생 로베르트를 생각하며 자신을 위로하곤 했습니다. 아저씨의 동생은 휴일에도 쉬지 못하고 일해야 하는 고된 직업을 가지고 있었거든요.

로베르트 아저씨는 4년 전에 캐나다로 이민을 가서 나무꾼으로 일하고 있습니다. 새벽부터 저녁 늦게까지 도끼로 나무를 패는데, 일을 하다가 말고 집에 가 몸을 녹인다거나 땀을 식히는 건 꿈도 꿀 수 없습니다. 집이라곤 도무지 눈에 띄지 않는 넓디넓은 캐나다의 숲에서 로베르트 아저씨는 눈이 오나 비가 오나, 불볕 더위 속에서도 하루 종일 쉬지 않고 일만 해야 합니다. 그래도 파울 아저씨는 날씨가 나쁜 날이면 마을 사람들로부터 따뜻한 커피나 레몬차를 대접받기도 하는데 말이에요.

"그래도 난 그렇게 나쁘지는 않은 거야."

파울 아저씨는 힘들게 일하는 동생을 생각하며 다시 힘을 내곤 했습니다.

그런데 파울 아저씨는 마르테 아줌마와 트린첸 아줌마, 그리고 이삿짐 센터의 루프레히트 아저씨의 집을 지나칠 때면 괜히 마음 한구석이 불편했습니다. 그들에게 온 편지가 한 통도 없었거든요.

"오늘도 편지가 없군요."

아저씨는 매번 그렇게 말할 때마다 마음이 펴치 않았어요. 특히 꽃집을 지나칠 때면 트린첸 아줌마는 가게 안에서 슬픈

눈으로 파울 아저씨를 쳐다보곤 했습니다. 파울 아저씨의 불룩한 가죽 가방 속에는 아줌마에게 줄 엽서 한 장도 없는데 말입니다.

"모든 사람이 편지를 받는데 나만 아무것도 받지 못해요. 이건 뭔가 잘못된 거예요. 당신은 우체부니까 왜 그런지 알고 있겠죠?"

"그건 이 세상 최고의 우체부라 해도 모르는 일이에요."

파울 아저씨는 그렇게 대답했습니다.

"부인만 그런 건 아니에요. 이삿짐 센터의 루프레히트 씨와 마르테 부인도 편지 한 통 안 오는 분들이죠."

"그런 얘긴 위로가 되지 않아요."

트린첸 아줌마는 힘없이 말했습니다.

"저, 그럼……."

파울 아저씨는 어찌 할 바를 몰라 잠깐 머리를 긁적이다가 뭔가 생각난 듯 대답했어요.

"한 가지 좋은 생각이 떠올랐어요. 부인과 루프레히트 씨, 그리고 마르테 부인이 서로에게 편지를 쓰면 되잖아요. 그럼 원하는 대로 편지를 주고받을 수 있을 거예요."

"하지만 매일 보는 사람들에게 뭐 하러 편지를 쓰죠? 그 사람들과는 매일 만나서 얘기하는걸요."

트린첸 아줌마가 썩 내키지 않는 듯 말했습니다.

"좋은 방법이 아니에요. 편지는 멀리 떨어져 살고 있는 사람들과 소식을 주고받는 거잖아요. 그걸 아직도 모르고 계셨어요?"

"그렇다면 저는 더 이상 부인을 도와드릴 수가 없군요."

파울 아저씨는 할 수 없다는 듯 발길을 돌렸습니다.

아저씨는 자신이 생각해 낸 방법이 정말 굉장한 것이라 생각했기 때문에 기분이 좀 상했어요. 그런데 집에 가서 구운 소시지와 감자 수프를 먹으며 다시 생각해 보니 트린첸 아줌마 말도 맞는 것 같았어요. 매일 만나는 사람들과 편지를 교환하는 것이 무슨 의미가 있겠어요. 그래서 파울 아저씨는 계속 생각했어요. 그런데 잠이 들기 직전에 정말로 좋은 생각이 떠올랐어요.

캐나다에서 날아온 편지

그 날은 수요일이었어요. 그 날로부터 삼 주쯤 지난 금요일에 파울 아저씨는 다시 꽃집에 들렀지요.

트린첸 아줌마가 문 앞에 서서 말했어요.

"제 편지가 없다는 건 벌써 알고 있어요."

"틀렸어요. 오늘은 뭔가 있는걸요."

"뭐라고요? 저에게 편지가 왔다고요?"

트린첸 아줌마는 깜짝 놀라서 소리쳤습니다.

"캐나다에서 편지가 온걸요."

파울 아저씨가 대답했지요.

"캐나다에서?"

트린첸 아줌마는 다시 한 번 놀라며 말했습니다.

"나는 캐나다가 어디에 있는지도 몰라요. 그 곳엔 아는 사람도 없는데……."

"캐나다는 미국의 북쪽에 있어요. 북극까지 뻗어 있는 나라예요. 혹시 그 곳에 아는 사람이 있는데 잊고 있는 건 아닌가요? 부인은 늘 깜박깜박하잖아요."

파울 아저씨가 대답했어요.

"편지를 한번 쥐 보세요. 북극곰이 편지를 썼나?"

파울 아저씨는 편지를 건네 주고는 카네이션 한 송이를 사서 외투 깃의 왼쪽 단춧구멍에 꽂고 나갔습니다.

너무나 긴장한 나머지 봉투를 뜯는 트린첸 아줌마의 손이 떨렸습니다. 봉투에는 정말로 캐나다 우표가 붙어 있었고 소인도 찍혀 있었어요. 몇 년 동안 편지 한 장 받지 못했는데 캐나다에서 편지가 오다니! 트린첸 아줌마로서는 정말 믿을 수 없는 일이었지요. 아줌마는 계산대 안으로 들어가 의자에 앉아 편지를 읽기 시작했어요.

사랑하는 트린첸에게

당신은 아마 날 기억하지 못할 거요. 나는 세바스티안이라고 하오. 당신 삼촌의 양녀의 첫 번째 남편의 삼촌의 둘째 조카지요.

'맙소사! 도무지 무슨 말인지 모르겠는걸.'

아줌마는 세바스티안이 누구인지 기억해 낼 수 없었지만 편지를 계속 읽어 나갔습니다.

당신이 아직 다섯 살 꼬마일 때 나는 배를 타고 미국으로 이민을 갔소. 그 때만 해도 비행기로 여행하는 사람은 없었어요. 너무 비싸서 다들 증기선을 탔었다오. 뱃삯도 그다지 싼 편은 아니었지만 항해는 아주 흥미진진한 일이었소. 게다가 배에서는 일을 해서 돈도 벌 수 있었다오.

나는 갑판을 닦고 감자 껍질을 벗기고 매일 아침 선장의 선실을 청소했어요. 내가 뉴욕에 도착했을 땐 지갑 속에 단 이십 달러밖에 없었다오. 겨울이었는데 얼마나 추웠는지 말을 하려고 입을 열면 그 말들이 입 속에서 얼어붙었소. 그래서 다음 해 봄에 얼었던 말들이 녹으면 그 때서야 비로소 겨울에 했던 말을 들을 수 있을 정도였다오.

'허풍쟁이 같으니라고! 이 사람은 자기 상상을 눈앞에 있는 꽃들을 보는 것보다 더 생생하게 이야기하는군. 얼마나 그럴싸하게 허풍을 떠는지 어디 한번 볼까?'

길 가장자리에는 몇 미터씩 눈이 쌓여 있었고 지붕엔 크리스마스 트리만큼이나 두껍고 커다란 고드름이 주렁주렁 달려 있었소. 뉴욕엔 아는 사람이 한 명도 없었기 때문에, 제일 먼저 나는 무거운 가방을 들고 여행자를 돕는 자선단체를 찾아가 저녁밥과 묵을 숙소를 부탁했소. 사람들은 날 친절히 맞아 주었소.

그 날 나는 밤늦게 들어간 숙소에서 짐이라는 젊은 청년을 하나 알게 되었다오. 더부룩한 금발에 파란 눈을 가진 아주 유쾌한 청년이었소.

나는 그 청년에게 물었다오.

"혹시 내가 할 만한 일을 알고 있나? 나는 무슨 일이든지 할 준비가 되어 있어."

"그렇게 빨리 행운을 잡을 순 없을걸!"

그러더니 짐은 이렇게 말했소.

"나도 아직 아무 일도 찾지 못했어. 내일 난 플로리다로 갈 거야.

거긴 일 년 내내 여름이고 일거리도 얼마든지 있을 거야. 원한다면 자네도 같이 가도 돼."

다음 날 우리는 같이 길을 떠났고, 걸어서 꼬박 일 주일 만에 그 곳에 도착했소. 짐과 내가 어떻게 플로리다로 갔는지 그리고 내가 어떻게 나무꾼이 되어 캐나다에서 살게 되었는지는, 당신이 나에게 답장을 한다면 다음 편지에서 알려 주겠소.

잘 있어요.

당신의 먼 친척 세바스티안으로부터

트린첸 아줌마는 편지를 접어서 봉투에 넣었습니다. 아줌마 한테도 편지가 왔다는 사실은 정말 기뻤지만 아줌마는 뭔가 좀 이상했습니다. 설명하기 힘든 묘한 기분이 들었던 거죠. 아줌마는 파울 아저씨의 동생처럼 캐나다에서 나무꾼으로 일한다는 친척 세바스티안에 대해서 한 번도 들어 본 적이 없었으니까요. 모든 게 정말 이상했습니다. 발송인의 주소도 보통의 주소와는 달리 다음과 같이 적혀 있었습니다.

세바스티안 뮐러

수도에서 북쪽으로 30킬로미터 떨어진 곳에 있는

왼쪽에서 세 번째 나무

'하지만 누가 알아? 세바스티안 뮐러가 정말로 살고 있을지도 모르잖아. 캐나다엔 거리 이름과 집 주소가 따로 없을 수도 있고…….'

트린첸 아줌마는 세상의 다른 끝에 살고 있다는 세바스티안에게 답장을 쓰기로 했습니다.

트린첸 부인이 어떻게 편지를 쓸까 고심하는 동안 파울 아저씨는 계속 우편물을 배달하고 있었습니다. 이삿짐 센터를 하는 루프레히트 아저씨의 집 앞에 도착한 아저씨는 두 손을 입에 대고 소리쳤습니다.

"루프레히트 씨, 나와 보세요!"

"무슨 일이오?"

루프레히트 아저씨가 안에서 대답했습니다.

"오늘도 내게 온 우편물은 없을 텐데……."

"좋아요, 그렇다면 편지를 다시 가져가지요."

파울 아저씨의 말에 루프레히트 아저씨는 쏜살같이 달려 나 왔습니다.

"내게 편지가 왔다고요? 도대체 누구한테서요?"

"저는 모르죠. 발송인을 보세요, 그러면 알 수 있겠지요."

"그런데, 저…… 알고 있는지 모르겠지만 나는 글을 읽을 줄 몰라요. 들어와서 편지 좀 읽어 주겠소?"

루프레히트 아저씨가 머뭇거리며 말하자 파울 아저씨가 대 답했습니다.

"좀 늦긴 했지만, 편지 읽어 드릴 시간은 있어요."

두 사람은 방 안으로 들어가 편안히 앉았습니다.

"초콜릿 케이크 한 조각 드시겠소?"

루프레히트 아저씨가 물었습니다. 어제 제과점을 하는 일제 크라우트자이페 부인 집에서 겨울에 쓸 장작을 패 주고 초콜릿 케이크를 열두 조각이나 얻었거든요.

"그러지요, 방금 아침을 먹긴 했지만 케이크 한 조각 정도라면 괜찮겠지요."

두 사람은 각각 두 조각, 아니 세 조각, 아니 네 조각씩이나 케이크를 먹었습니다. 그리고 파울 아저씨는 루프레히트 아저씨에게 편지를 읽어 주었습니다.

친애하는 루프레히트 씨에게

저는 소냐 팜펠이라고 합니다. 모르는 사람으로부터 편지를 받고 당신은 분명히 놀라셨을 거예요.

당신은 제가 어떻게 생겼는지도 모르겠지만 저는 당신을 알고 있답니다. 저는 당신과 다른 마을에 살고 있지만 당신이 정원에서 사과를 따는 모습을 자주 봤답니다.

당신이 마음에 들어요. 우리 한번 사귀어 보면 어떨까요? 하지만 그 전에 먼저 당신과 몇 년간 편지를 교환하고 싶군요.

"몇 년씩이나! 이게 도대체 무슨 뜻이오?"
루프레히트 아저씨가 끼어들었습니다.
"답장 쓸 때 물어보면 되잖아요. 마저 읽을게요."
파울 아저씨가 말했습니다.

제 주소는 알려 드리지 않겠습니다. 저에게 편지를 쓰고 싶으면 파울 씨에게 주세요. 그러면 그가 저에게 편지를 전해 줄 거예요.
안녕히 계세요.

소냐 팜펠

파울 아저씨는 루프레히트 아저씨에게 편지를 주며 말했습니다.
"행운을 빕니다. 마침내 편지를 받았군요. 게다가 여자 친구까지 생겼고요."

"그런데 왜 몇 년씩 편지만 주고받자는 거죠? 곧장 만나면 훨씬 더 간편할 텐데요."

루프레히트 아저씨가 물었습니다.

"여자들이 다 그렇죠 뭐. 자, 그럼 저는 이만 가 봐야겠습니다."

파울 아저씨가 말했습니다.

"당신도 알다시피 나는 글을 읽지 못해요. 게다가 쓰지도 못하고. 내일이나 모레쯤 소냐 팜펠 양에게 보낼 편지를 나 대신 써 줄 수 있겠소? 내용은 내가 불러 줄 테니."

"편지 쓸 내용이 생각나면 언제든 오세요."

루프레히트 아저씨의 말에 파울 아저씨가 대답했습니다.

"케이크 좀 더 줄까요?"

"아니, 됐습니다. 한 조각밖에 안 남았는걸요."

다음 날 아침 잠자리에서 일어났을 때 파울 아저씨는 배가 몹시 아팠습니다. 루프레히트 아저씨 집에서 초콜릿 케이크를 너무 많이 먹은 거예요. 아저씨는 보통 때보다 더 오랫동안 베개에 머리를 묻고 몸을 뒤척이다가 겨우 일어났습니다. 찬물로 샤워를 하고 뜨거운 커피를 마시고 나니 속이 좀 편안해지는 것 같았습니다. 아침에 배가 아팠던 것만 빼면 다른 날과 다름없이 흘러갔습니다. 마르테 아줌마만이 편지 한 통 받지 못했다며 자신의 처지를 한탄하고 있었습니다.

“정말 해도해도 너무하는군. 이제 마을에서 편지를 받지 못한 건 나 하나뿐이야. 트린첸 부인과 루프레히트 씨도 어제 편지를 받았다는데…….”

마을에선 모든 소문이 순식간에 퍼져나갔어요. 비밀이라곤 없었답니다.

“기다려 보세요. 부인에게도 곧 행운이 올 거예요.”

드디어 편지 쓰기가 시작되다

다음 날 오전, 파울 아저씨는 마르테 아줌마에게 편지를 가지고 갔습니다.

"정말 믿을 수 없어요. 온 세상에 편지 쓰는 일이 시작됐나 봐요. 마을 사람들이 한꺼번에 편지를 받다니."

마르테 아줌마가 말했습니다.

"살다 보면 놀라운 일들이 종종 일어나지요."

파울 아저씨가 말했습니다. 편지를 받은 마르테 아줌마는 거실에 앉아 기분 좋게 읽어 나가기 시작했습니다.

친애하는 부름지힐러 부인께

저는 얼마 전부터 부인께 편지를 쓰고 싶었습니다. 정확히 말하면 3년 전부터입니다. 하지만 제가 책상에 앉기만 하면 번번이 뭔가 끼어들었어요. 전화벨이 시끄럽게 울리거나 우체부가 오거나 개가 갑자기 밖으로 나가고 싶어하거나 하는 일들 말이에요. 제 이름은 토마스 브로이어입니다. 30년 전 저는 여름 휴가를 보내기 위해 부인이 살고 있는 마을에 갔었죠. 그 때 부인 집에서 매일 사 먹었던 소시지

빵을 지금도 잊을 수 없습니다. 부인이 만든 소시지 빵이 너무 맛있어서 저는 이 세상 최고의 정육점들을 소개하는 책을 쓰기로 결심했어요. 5,000페이지 정도의 방대한 분량으로 말입니다.

매년 휴가 때마다 저는 외국 여행을 갔지요. 구경거리를 찾아 다닌 게 아니라 좋은 정육점을 찾고 싶어서였습니다. 유감스럽게도 저는 고기를 지나치리만큼 좋아하거든요. 물론 저도 신선한 과일과 야채가 건강에 더 좋다는 건 잘 알고 있습니다. 하지만 좋은 걸 어쩌겠습니까?

저의 부모님은 브로콜리 농장을 하셨어요. 그래서 우리 집엔 브로콜리 말고는 먹을 게 아무것도 없었답니다. 아침엔 브로콜리 죽, 점심엔 브로콜리 수플레*, 저녁엔 브로콜리 수프, 후식으론 브로콜리 푸딩이 식탁에 올라왔지요. 일요일엔 브로콜리를 넣어 구운 빵이 올라왔고요. 그 뒤로 저는 야채를 좋아할 수 없게 되었고, 중독이다 싶을 만큼 소시지를 좋아하게 되었답니다.

저는 부름지힐러 정육점을 제 책에 싣고 싶습니다. 뿐만 아니라 책의 아주 많은 부분을 할애하려고 합니다. 그래서 드리는 말씀인데,

---

* 거품을 낸 달걀 흰자에 여러 재료를 섞어 부풀린 다음 오븐에 구워 내는 요리.

제게 당신의 삶과 직업, 그리고 성장 과정에 대해 편지로 알려 주신다면 대단히 감사하겠습니다.

토마스 브로이어

마르테 아줌마는 편지를 소파에 내려놓았습니다. 자신의 소시지 빵이 나쁘지 않다고는 생각해 왔지만 30년씩이나 그것을 기억하고 있는 사람이 있으리라곤 미처 상상도 못 했지요. 아줌마에겐 정말 예상하지 못했던 아주 대단한 찬사였습니다.

아줌마는 생각했습니다. 토마스 브로이어 씨는 놀랄 만한 기억력을 가지고 있는 사람이 틀림없다고 말이지요.

마르테 아줌마는 자신의 직업을 좋아했고 항상 즐기면서 일했습니다. 평소에 아줌마는 이웃과 친구들이 산 물건을 포장해 주고, 그러면서 그들과 새로운 소식들에 대해 이야기 나누는 걸 아주 즐겼습니다.

"그런데 그거 알고 있어요? 브란트슈테터 목사님 말이에요, 앞니를 빼야 한대요."

굴뚝 청소부 부인의 말에 아줌마는 이렇게 대답하지요.

“불쌍한 브란트슈테터 목사님, 다음 번 설교 땐 발음이 새겠네요.”.

마르테 아줌마는 정육점을 그만두고 시간을 어떻게 보낼지 몇 주일 동안이나 고민했습니다. 잡초를 뽑고 마을 광장의 새들에게 모이를 주는 것만으론 충분하지 않았거든요. 그런데 마침 토마스 브로이어 씨의 편지가 온 것입니다. 아줌마는 기억을 더듬어 편지를 쓰기로 마음먹었습니다.

그런데 아줌마가 편지지를 준비하고 연필을 깎는 동안 마을에서는 이상한 일이 벌어졌습니다.

루프레히트 아저씨가 갑자기 사라진 것입니다.

며칠 전부터 마을에서 그를 본 사람이 아무도 없었습니다. 파울 아저씨만이 무슨 일인지 짐작할 수 있었지요. 하지만 아저씨는 아무한테도 말하지 않았습니다.

그래도 마을 사람들은 금방 알아차렸습니다. 루프레히트 아저씨가 소냐 팜펠 양을 찾기 위해 이웃 마을들을 헤매고 다닌다는 것을 말이에요.

첫 번째 마을에서 루프레히트 아저씨는 제일 먼저 우체국을

찾아갔습니다. 하지만 소냐 팜펠 양에 대해 아는 사람은 아무도 없었습니다. 그 마을의 시장을 찾아가도 마찬가지였지요. 시장은 책상 서랍에서 마을 사람들에 대해 기록해 둔 두꺼운 서류철을 꺼내서 '교'란을 찾아보더니 고개를 가로저었습니다.

"이상한 일이군요, 우리 마을 사람이라면 제가 모두 알고 있는데……."

시장이 말했습니다.

두 번째 마을에서도 똑같았습니다. 그가 찾아 다닌 마을 사람들 중 그 누구도 소냐 팜펠이라는 여자를 아는 사람은 없었습니다. 아저씨는 건초더미 속에서 잠을 자고 값싼 식당에서 밥을 먹으며 며칠을 떠돌아 다녔습니다. 그리고 국도를 따라 걸어서 다시 집으로 돌아왔지요. 아저씨는 아주 똑똑한 사람이었지만 도무지 알 수 없었습니다. 이웃 마을의 소냐 팜펠에게서 분명히 편지를 받았는데 그 어느 마을에도 소냐 팜펠이 없다니.

이제 수수께끼를 풀 수 있는 사람은 단 한 사람, 파울 아저씨밖에 없습니다. 루프레히트 아저씨는 그 날 밤 파울 아저씨 집에 찾아가기로 했습니다. 그 전에 먼저 아저씨는 목욕을 하고 깨끗한 옷으로 갈아입었습니다. 그리고 잠깐 생각했습니다. 먼지가 두껍게 쌓인 구두를 닦을지 말지……. 아저씨는 결국 구두약을 발라 반짝반짝 윤이 나도록 구두를 문질렀습니다. 최근 몇 년 동안 루프레히트 아저씨가 그렇게 멋있었던 적은 한 번도 없었습니다.

여덟시가 좀 안 돼서 아저씨는 파울 아저씨 집 앞에 도착했습니다.

"도대체 어디에 있었죠? 온 마을 사람들이 당신을 찾았는데……."

파울 아저씨가 물었습니다.

"소냐 팜벨 앙을 찾아 다녔어요."

집 안으로 들어가 식탁에 앉은 루프레히트 아저씨는 이 마을 저 마을로 소냐 팜펠을 찾아 다녔지만 아무 소용이 없었다고 이야기했습니다.

"믿기 어려운 일이군요. 당신에게 편지를 보낸 친구가 어디에도 살고 있지 않다니. 혹시 그녀가 진짜 이름을 숨기고 있는 게 아닐까요?"

파울 아저씨가 말했습니다.

"그게 무슨 말이지? 이해가 안 되는군요."

루프레히트 아저씨가 말했습니다.

"당신이 찾지 못하도록 다른 이름으로 편지를 보낸 것일 수도 있다고요."

"무슨 말인지 모르겠소."

루프레히트 아저씨가 말했습니다.

"맙소사, 왜 그렇게 못 알아들어요? 당신이 찾는 소냐 팜펠은 실제 이름이 소냐 팜펠이 아닐지도 모른다고요."

파울 아저씨가 답답하다는 듯 말했습니다.

"왜 아니라는 거요? 그녀는 소냐 팜펠이라는 이름으로 서명까지 했는데."

루프레히트 아저씨가 다시 물었습니다.

"더 이상 못 참겠군요!"

드디어 파울 아저씨의 목소리가 커졌습니다.

"다시 한 번 설명해 드릴게요. 이웃 마을에서 한 여자가 당신에게 편지를 썼어요. 하지만 그녀는 당신이 자신을 찾는 것을 원치 않아요. 그래서 당신이 자신을 찾을 수 없도록 소냐 팜펠이라는 가짜 이름을 사용한 거예요. 그러니까 그녀의 진짜 이름은 마리아 슈미트일 수도 있단 말이에요."

“좋소. 내일 다시 가서 마리아 슈미트를 찾아보겠어요. 그녀의 이름이 무엇이든 난 상관 없어요.”

루프레히트 아저씨가 소리쳤습니다.

“정말 못 말리겠군.”

파울아저씨는 한숨을 쉬며 말했습니다.

루프레히트 아저씨가 파울 아저씨 집에 있는 동안 트린첸 아줌마는 아줌마의 친척이라는 세바스티안에게 열심히 편지를 쓰고 있었습니다. 편지 쓰는 건 생각보다 어려운 일이었어요. 세바스티안은 세상을 떠돌아 다니며 온갖 일들을 경험했지만 트린첸 아줌마는 한 번도 마을을 떠나 본 적이 없었거든요. 그러니 무슨 이야깃거리가 있겠어요? 그런데 한줄 한줄 써내려가던 아줌마는 아줌마에게도 생각보다 이야깃거리가 많다는 걸 알게 되었습니다.

아줌마는 아줌마가 운영하고 있는 꽃집과 비위 맞추기 어려운 손님들에 대해 썼습니다. 손님들은 장미가 있으면 튤립을 사고 싶어하고, 튤립이 있으면 장미를 사겠다고 했으니까요.

아줌마는 마르테 아줌마의 이야기도 쓰고, 얼굴 한 번 보지

못한 여자와 사랑에 빠진 루프레히트 아저씨 이야기도 썼습니다. 추수철과 기나긴 겨울밤에 대해서도 썼지요. 친절한 우체부 파울 아저씨 얘기를 쓰면서는, 캐나다에서 나무꾼으로 일하는 아저씨의 동생을 혹시 아는지 물어보기도 했습니다.

트린첸 아줌마는 봉투에 꽃집 주소를 쓰고 핸드백에 넣은 다음, '곧 돌아올게요' 라고 쓴 안내문을 가게 문에 걸어 두었습니다. 그러고는 꽃집 문을 잠그고 우체국으로 갔지요. 책상 앞에 앉아 낱말 퀴즈를 풀고 있던 파울 아저씨가 일어서며 물었습니다.

"어서 오세요, 트린첸 부인. 오늘은 일 안 하시나요?"

"아뇨, 이 편지를 캐나다에 보내려면 얼마가 드는지 물어보려고 잠깐 나왔어요."

트린첸 아줌마가 말했습니다.

"편지를 두고 가세요. 나중에 계산하죠."

"하지만 우표 값을 드려야죠"

"시간은 얼마든지 있어요. 내일 아침에 제가 꽃집에 들를 테니 그 때 주세요."

"그럼…… 그러지요."

트린첸 아줌마는 그렇게 말하고는 우체국을 나갔습니다.

파울 아저씨는 다음 날 배달할 편지와 소포를 정리해서 우편물 가방 속에 넣었습니다. 그리고 우표를 얼마나 팔았는지 계산한 다음 우체국의 문을 닫고 집으로 갔습니다.

아저씨가 저녁 식사를 마치고 설거지를 하고 나자 누군가 문을 두드렸습니다.

고래등 위의 카페

문을 두드린 사람은 다름아닌 루프레히트 아저씨였습니다.
두 사람이 마주 앉자 루프레히트 아저씨가 먼저 말했습니다.

"어젯밤 곰곰이 생각해 보니 소냐 팜펠은 진짜 이름이 아니
라는 생각이 들었어요. 그리고 그녀는 내가 자신을 찾아 다니
는 것을 원치 않는 것 같고요."

"맞아요, 정말 현명하시군요. 틀림없이 그럴 거예요."

파울 아저씨가 대답했습니다.

"오전 내내 소냐에게 어떤 편지를 써야 할까, 또 그녀의 진
짜 이름은 무엇일까 생각해 보았어요. 편지를 좀 받아 써 줄 수
있겠소?"

"물론이죠!"

파울 아저씨는 얼른 편지지 몇 장을 책상 위에 올려놓고 펜을 잡았습니다.

"시작하세요."

"사랑하는 소냐!"

루프레히트 아저씨의 편지는 그렇게 시작했습니다.

"당신을 빨리 만나고 싶습니다. 안녕히 계세요. 당신의 루프레히트로부터."

"그게 전부예요? 겨우 그걸 생각해 내려고 오전 시간을 모두 보냈단 말이에요?"

파울 아저씨가 깜짝 놀라며 말했습니다.

"왜, 마음에 안 들어요?"

루프레히트 아저씨가 풀이 죽어 물었습니다.

"이건 편지가 아니에요."

파울 아저씨는 말했습니다.

"그럼 편지를 어떻게 써야 하는지 좀 가르쳐 주겠소?"

루프레히트 아저씨의 말에 파울 아저씨는 편지 쓰는 법을 설명하기 시작했습니다.

"좋아요. 형식을 갖춘 편지는 먼저 받은 편지에 대해 고맙다는 인사말로 시작해요. 편지가 반가웠다면 먼저 편지를 받고 기뻤다는 인사를 한 다음, 자신이 하고 싶은 말을 쓰는 거예요. 그리고 자기 자신에 대해서도 이야기하고요."

두 사람은 머리를 맞대고 여러 장의 편지를 썼어요. 그리고 한밤중이 다 돼서야 편지를 완성했답니다.

사랑하는 소녀에게

당신의 편지에 진심으로 감사드립니다. 편지를 받고 얼마나 기뻤는지 모릅니다. 제게 편지를 쓰다니, 정말로 멋진 일입니다. 저는 오늘 당장이라도 당신을 만나고 싶습니다. 그런데 왜 저와 몇 년 동안 편지만 교환하고 싶어하시나요?

이 곳은 햇살이 눈부시답니다. 어제는 제 구두를 깨끗이 손질해 두었어요.

부디 빨리 답장해 주시기 바랍니다.

그리운 마음을 가득 담아서,
당신의 루프레히트

같은 시간, 마르테 아줌마도 발코니에 앉아서 기억을 더듬으며 편지를 쓰고 있었습니다. 아줌마는 부모님의 농장에서 자란 어린 시절 이야기, 아줌마가 가장 좋아했던 아기돼지 루디 이야기, 그리고 마을 학교 이야기와 아이들에게 쓰기와 셈을 가르쳤던 자이덴슈 선생님 이야기를 썼습니다. 자이덴슈 선생님은 지리와 그림 그리기, 노래도 가르쳐 주었지만 마르테 아줌마가 가장 좋아했던 과목은 자연이었습니다. 아줌마가 돼지고기로 어떻게 돈가스와 소시지를 만드는지를 배운 건 시간이 한참 흐르고 난 뒤였습니다.

편지를 열 장쯤 쓰고 난 마르테 아줌마는 다른 편지지에 깨

끗하게 다시 옮겨 적은 후 편지를 봉투에 넣었습니다. 그리고 그제야 비로소 알았습니다. 토마스 브로이어 씨는 편지에 자신의 주소 쓰는 것을 빠뜨린 것입니다. 정말 안타까운 일이었습니다. 아줌마는 이 두꺼운 편지를 어디로 부쳐야 할까요? 아줌마는 곧장 우체국으로 달려갔습니다. 파울 아저씨는 방법을 알고 있을 것 같았거든요.

편지를 쓰고 있던 파울 아저씨는 마르테 아줌마가 오는 것을 보자마자 책상 서랍 속으로 재빨리 편지를 숨겼습니다.

"이것 좀 보세요. 파울 씨가 배달해 준 편지에 발송인의 주소가 없어서 답장을 할 수가 없어요. 브로이어 씨가 어디에 사는지 알 수가 있어야지요."

마르테 아줌마가 말했습니다.

"그 편지 이리 주세요. 걱정 마시고요."

파울 아저씨는 편지를 받아들었습니다.

"편지를 어떻게 보내려고요? 그 사람의 이름밖에 모르는데. 그에 대해 아는 게 하나도 없다고요."

"걱정 말고 제게 맡겨 주세요. 다 방법이 있답니다. 정보통신부 장관님께 전화라도 걸어 보죠, 뭐. 그 분은 모든 문제를

해결할 수 있어요. 아무나 장관님이 되나요?”

파울 아저씨의 말에 마르테 아줌마는 고개를 갸우뚱하며 우체국을 떠났습니다.

트린첸 아줌마에게는 하루하루가 초조하게 지나갔습니다. 아줌마는 자신이 보낸 편지가 캐나다의 깊은 숲 속까지 배달되려면 오랜 시간이 걸린다는 것도, 마찬가지로 답장 역시 더 빨리 오는 게 불가능하다는 것도 잘 알고 있었지만, 그래도 너무나 오래 기다린 것 같았습니다. 세바스티안의 답장이 아직도 도착하지 않은 것입니다. 세바스티안이 아주 큰 나무를 쓰러뜨리고 밤이 되면 너무 피곤해서 편지를 쓸 수 없을지도 모른다는 생각도 들었습니다.

그러던 어느 화요일, 드디어 편지가 왔습니다. 파울 아저씨가 꽃집에 들러 트린첸 아줌마에게 캐나다에서 온 편지를 전해 주었습니다. 아줌마는 당장에라도 편지를 뜯어서 읽고 싶었지만 파울 아저씨가 날씨 얘기를 꺼내는 바람에 잠시 참아야 했습니다. 아저씨가 가자마자 아줌마는 봉투를 뜯어 편지를 읽기 시작했습니다.

사랑하는 트린첸!

눈과 얼음으로 뒤덮인 이 곳에서 당신의 편지를 받게 된 것을 진심으로 감사하오. 그럼 지금부터, 플로리다에서 우리가 어떻게 지냈는지 알려 주겠소.

처음에 우리는 우리가 할 수 있는 일이라면 다 했다오. 한때 짐은 접시 닦기를 하고 나는 우편물을 배달했다오. 하지만 당신 마을에 사는 파울 씨와 같은 좋은 우체부는 아니었소. 나는 그 사람을 머릿속으로 아주 생생히 그릴 수 있을 것 같소. 그는 정말 정이 많고 마음이 따뜻한 사람일 것 같더군요. 그의 동생 로베르트 씨는 나도 잘 알고 있소. 그가 형에게 인사를 전해 달라고 했다오.

일요일에는 일을 하지 않았기 때문에 짐과 나는 해변에서 시간을 보냈소. 한 가지 불편했던 건, 그 넓고 넓은 해변에 가볍게 식사할 수 있는 조그만 간이식당 하나 없었다는 거요. 그래서 우리는 항상 먹을 것과 마실 것을 싸 가지고 가야 했다오. 그런데 플로리다의 타오르는 태양 아래선 우리가 가져간 케이크와 샌드위치가 금방 변해 버렸소. 음료수 역시 미지근해졌고……

그런데 어느 일요일 오후, 짐이 갑자기 소리치는 거요.

"이봐 세바스티안, 좋은 생각이 떠올랐어! 우리가 여기에다 조그만 해변 카페를 열면 어떨까?"

당장 우리는 적당한 장소를 찾아보았지만 해변엔 정식으로 허가를 받아야만 건물을 지을 수 있었소. 물론 우리에게 카페를 지을 만한 돈은 없었다오. 너무나 실망해서 모래사장 위에 누워 있는데, 해변에서 조금 떨어진 곳에서 고래가 헤엄치고 있는 모습이 보이는 거요. 고래의 코에선 분수처럼 물줄기가 솟아오르고 있었지요.

삼십 분쯤 후에 다시 짐이 소리쳤어요.

"이봐, 더 좋은 생각이 있어!"

"어차피 할 수도 없을 텐데 뭐! 우린 돈이 없다고!"

내가 시큰둥하게 대답하자 짐이 말하더군요.

"일단 한번 들어 보라니까! 고래 등 위에 카페를 여는 거야!"

"자네 정말 미친 거 아니야?"

나는 정말 어이가 없었소. 하지만 짐은 굽히지 않고 말했어요.

"우리 고래가 있는 곳까지 헤엄쳐 가 보자. 고래는 우리를 해치지 않을 거야. 몸집은 크지만 위험하지는 않아. 대부분이 아주 착하다고."

약간 무섭긴 했지만 겁쟁이라는 소리는 듣고 싶지 않았소. 용기를 내서 짐을 따라 파도 속으로 들어갔지요. 고래가 있는 곳까지 다가갔지만 고래는 얌전히 있더군요. 그래서 고래 등을 쓰다듬어 주었죠. 토닥토닥 두드리기까지 했는데도 고래는 가만히 있었어요. 오히려 좋아하는 것 같았소.

"고래야, 우리가 네 등 위에 카페를 열려고 하는데, 안 되겠니?"

짐이 물었고, 물론 고래는 아무 대답도 하지 않았소. 우린 그걸 찬성의 뜻이라고 받아들였지요.

믿지 못하겠지만, 그러고 나서 3일 후에 우리는 고래 등 위에 카페를 만들었소. 메뉴는 많지 않았소. 테이블도 다섯 개밖에 안 되었으니까. 손님들은 직접 배로 모셔 오고, 다시 해변으로 모셔다 드렸지요. 카페는 대 성공이었소. 짐과 나는 그 때 돈을 꽤 벌었다오. 더구나 집세를 낼 필요도 없었으니까. 그런데 왜 갑자기 그 모든 걸 그만두게 되었는지는 다음 편지에서 알려 주겠소.

그럼 안녕히······.

세바스티안

트린첸 아줌마는 편지를 옆으로 치우고 이마를 찌푸렸습니다. 아줌마는 아직 플로리다에 가 본 적도 없었고 고래에 대해 알지도 못했지만, 아무리 착한 고래라고 해도 그런 것을 허락했다는 건 도저히 믿을 수가 없었으니까요. 고래 등에 카페를 만들다니요.

'말도 안 돼! 세바스티안은 처음부터 끝까지 온통 거짓말로 꾸며 대고 있어. 내가 시골에서 꽃집이나 하고 있으니까 말도 안 되는 거짓말을 다 믿을 줄 아나 보지? 다음 편지 쓸 때 따끔히 혼을 내 주어야겠군. 나도 황당한 이야기를 꾸며서 편지를 보내 볼까? 우리 꽃집에 있는 꼬마 한스라는 꽃은 세 가지 목소리로 노래를 한다고 말이야.'

사실 트린첸 아줌마는 오래 전부터 멀리 여행을 떠나고 싶어했습니다. 하지만 늘 망설여 왔지요. 외국에는 아는 사람도 없고, 또 혼자서는 낯선 나라에 가고 싶지 않았거든요. 그런데 이제 캐나다에 친척이 있다는 걸 알게 된 거예요. 아줌마는 생각했습니다. 다음 휴가 때는 캐나다로 여행을 가서 세바스티안을 만나야겠다고 말이지요.

트린첸 아줌마의 아슬아슬한 여행 계획

이삿짐 센터의 루프레히트 아저씨는 신경이 몹시 날카로웠습니다. 잠도 제대로 못 자고 음식도 거의 먹지 못해서 눈에 띄게 야위어 갔습니다. 벌써 몇 주일째 소냐 팜펠 양으로부터 아무 소식이 없었기 때문이었지요.

아저씨는 걱정이 이만저만이 아니었습니다.

'내 편지가 마음에 들지 않았나 봐. 나한테 보낸 답장이 없어진 건 아닐까? 아니, 어쩌면 나보다 더 마음에 드는 사람을 만난 건지도 몰라.'

아저씨는 매일 아침 파울 아저씨를 기다렸습니다. 그리고 밤마다 우체국으로 달려가서 소냐의 편지가 오지 않았는지 물어보았습니다.

“아니요.”

파울 아저씨의 대답은 늘 똑같았습니다.

“그녀에게 다시 한 번 편지를 써야 할까요?”

루프레히트 아저씨가 묻자, 파울 아저씨는 조용히 대답했습니다.

“조금만 더 기다려 보세요. 일이 주 정도…….”

“이 주일씩이나요? 그렇게 오랫동안은 견딜 수 없을 것 같군요.”

루프레히트 아저씨는 몹시 낙담했습니다.

루프레히트 아저씨가 가자마자 이번에는 트린첸 아줌마가 나타났습니다. 우체국에 말이에요.

"세바스티안에게 보낼 새 편지예요. 그가 당신의 동생을 알고 있다고 하네요. 동생이 안부를 전해 달라고 했대요."

"정말이에요? 그가 내 동생을 안다고요? 정말 생각지도 못한 일이에요. 캐나다처럼 큰 나라에서 그런 우연이 일어나다니……."

"어쨌든 저는 다음 휴가 때 캐나다로 떠날 생각이에요. 크고 넓은 세상을 보고 싶어요. 황당무계한 이야기들을 지어 내는 세바스티안도 만나고 싶고요."

트린첸 아줌마가 휴가 계획을 이야기하자 파울 아저씨는 깜짝 놀라서 얼른 이렇게 말했어요.

"나 같으면 다시 생각해 보겠어요. 그런 여행은 돈이 무척 많이 드는 데다가 상당히 위험하니까요."

"그게 무슨 말이에요?"

"캐나다엔 거대한 물소 떼가 있거든요. 물소들이 갑자기 달

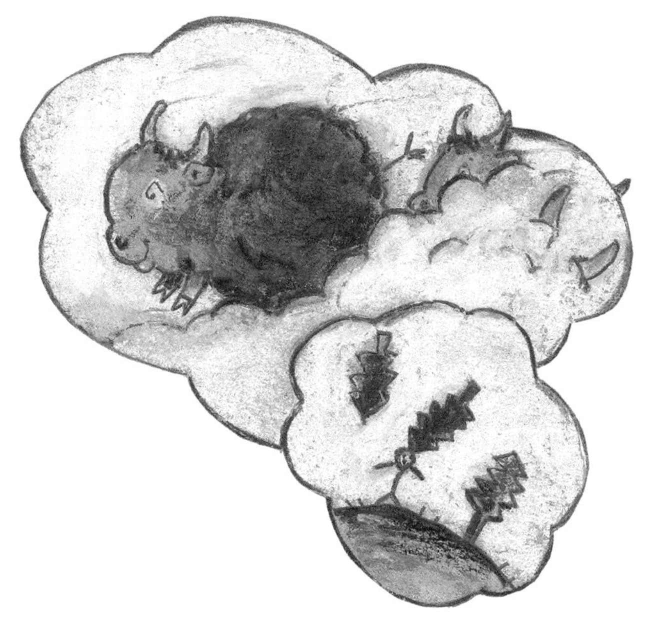

려들면 어떡하죠?"

"얼른 도망가면 되지요, 뭐."

아줌마가 대답하자 파울 아저씨는 말도 안 된다는 듯 소리 쳤어요.

"하지만 물소보다 더 빨리 달릴 수가 있을까요? 그리고 캐나다에는 엄청난 폭풍도 불어온대요. 나무들이 지푸라기처럼 부러져서 사람들 머리 위로 떨어진다고요."

"당신 말대로 나무들이 저절로 넘어진다면, 세바스티안이나 당신 동생 같은 나무꾼들은 필요가 없겠네요."

"게다가 부인은 말도 안 통하잖아요. 그 곳에선 모두 영어로 말하니까요. 길도 물어볼 수 없을 테고……. 안 돼요, 안 돼. 그건 좋은 생각이 아닌 것 같아요."

"아니에요. 그래도 난 잘해 낼 수 있어요. 당신 말에 겁먹고 싶지 않아요."

이튿날 파울 아저씨는 루프레히트 아저씨에게 편지를 가져다 주었습니다. 그러곤 살짝 윙크를 하며 말했지요.

"소냐에게서 온 것이냐고요? 맞아요. 제가 읽어 드릴까요?"

"부탁해요."

파울 아저씨는 자리를 잡고 앉아 편지를 읽기 시작했습니다.

사랑하는 루프레히트 씨에게

당신의 편지를 받고 너무나 기뻤습니다. 고마워요. 오랫동안 답장 못 드려 죄송해요. 여행을 갔다 왔거든요. 사실 제가 여행 가이드 일을 하기 때문에 자주 집을 비운답니다.

참, 제가 어떻게 생겼는지 지난 번 편지에서 말씀 드렸어야 했는데 그만 깜빡했지 뭐예요. 저는 키가 꽤 큰 편이고, 머리는 금발인데, 늘 땋아 내려요. 통통하고 빨간 볼에 파란 눈을 가지고 있답니다.

그리고, 죄송하지만 금방 만날 수는 없겠어요. 두 달 동안 캐나다에 가 있을 거예요. 단체 여행객을 안내해야 되거든요. 여행에서 돌아와 당신의 편지를 읽을 수 있었으면 좋겠어요.

그럼 안녕히.

당신의 소냐로부터

"이제 됐죠?"

파울 아저씨가 묻자 루프레히트 아저씨는 힘없이 대답했습니다.

"여자 친구 사귀기도 정말 힘이 드는군요. 소냐는 계속해서 밖에서 일을 해야 하고, 그러다 보니 편지도 자주 쓸 수 없고, 함께 아이스크림을 먹으러 가거나 영화관에도 갈 수 없고 말이에요."

마을은 늘 그대로였습니다. 브란트슈테터 목사님은 앞니를

새로 하셨고, 마르테 아줌마는 기억을 더듬으며 편지를 썼지요. 트린첸 아줌마는 여전히 꽃에 물 주는 것을 깜빡했고, 파울 아저씨는 열심히 편지를 배달했습니다.

그 동안 마르테 아줌마는 브로이어 씨로부터 또 한 통의 편지를 받았습니다. 브로이어 씨는 열 장이나 써 보낸 아줌마의 재미있는 편지에 고마워하며 계속해서 다음 얘기를 써 줄 것을 부탁했습니다.

루프레히트 아저씨는 소냐 팜펠 양에게 또 어떤 편지를 보낼까 고심했지만 아무것도 떠오르는 게 없었습니다. 처음 보낸 편지에 벌써 하고 싶은 말들을 모두 써 버렸거든요. 아저씨는 파울 아저씨라면 다시 한 번 도와줄 수 있을 거라고 생각했습니다.

트린첸 아줌마가 세바스티안으로부터 편지를 받기까지는 또다시 오랜 시간이 걸렸습니다. 아줌마는 그를 만나러 가겠다는 여행 계획에 대해 세바스티안이 무슨 말을 할지 무척 궁금했습니다.

그런데 어느 날 아침, 마침내 파울 아저씨가 편지를 가지고 왔습니다.

사랑하는 트린첸에게

지난 번 보내 준 편지는 나에게 다시 한 번 큰 기쁨을 안겨 주었어요. 하지만 조금 섭섭하기도 했다오. 당신이 고래 등 위에 차린 카페 이야기를 믿지 않고 나를 거짓말쟁이라고 꾸짖었으니 말이오. 하지만 그 이야긴 계속 해 주겠소. 그 카페가 어떻게 문을 닫게 되었는지 말이오.

플로리다는 너무 더웠기 때문에 우리는 커피나 케이크보다는 아이스크림을 많이 팔았다오. 그래서 아이스크림을 계속 고래 등 위에 두다 보니 고래가 결국 감기에 걸리고 말았지요. 그러다가 어느 일요일 오후, 고래가 갑자기 재채기를 한 거예요. 어찌나 크게 했는지 손님들과 함께 카페는 그대로 물 속에 빠지고 말았소. 다른 손님들과 짐, 그리고 나는 헤엄쳐서 육지까지 올라왔고, 카페는 그렇게 끝장나고 말았지요.

그러고 나서 짐과 헤어졌는데 그 뒤로는 소식을 몰라요. 플로리다는 견딜 수 없이 더웠소. 그래서 나는 캐나다로 왔지요. 이 곳에선 일 년의 반이 겨울이오.

나는 지금 숲 속 한가운데 있는 조그만 오두막에서 침대 하나와 난로 하나만 놓고 살고 있소. 당신이 뚱뚱하지만 않다면 내 침대에서 같이 잘 수 있을 거요. 당신이 벽 쪽에 붙어서 자는 게 좋겠소. 그래야 곰들이 문 앞까지 와서 어슬렁거리기라도 하면 내가 재빨리 일어날 수 있으니까.

내 오두막이 비좁아도 상관 없다면 언제든지 방문해도 좋소. 물론 당신이 곰도 무서워하지 않고, 구운 솔방울을 좋아하기만 하다면 말이오.

사랑의 인사를 담아서,

세바스티안

트린첸 아줌마는 편지를 계산대 위에 내려놓았습니다. 캐나다로 여행하겠다는 꿈은 이미 포기한 뒤였죠. 알지도 못하는 남자와 한 침대에서 자야 하고, 솔방울을 먹으며 밤마다 곰을 쫓아야 한다는 건 생각만 해도 끔찍한 일이었으니까요.

아줌마가 편지를 다 읽자마자 마르테 아줌마가 꽃가게 안으로 들어왔습니다.

"안녕하세요, 트린첸 부인. 새로 들여온 시클라멘 있나요?"

"운이 좋으시네요. 안 그래도 어제 싱싱한 시클라멘이 들어왔거든요."

"참 이상한 일이네요."

갑자기 마르테 아줌마가 말했습니다.

"뭐가요? 시클라멘이 있는 게요?"

"아니, 시클라멘 얘기가 아니라, 저기 책상에 놓여 있는 편지 말이에요. 당신도 토마스 브로이어 씨에게서 편지를 받은 줄은 몰랐는데요?"

"토마스 브로이어 씨라구요? 이 편지는 내 먼 친척인 세바스티안이 캐나다에서 보낸 거예요."

"그렇담 정말 이상한데요? 당신 친척이라는 세바스티안과 브로이어 씨는 어쩌면 이렇게 필체가 똑같을까요?"

“정말 보기 드문 우연이네요.”

“아니, 우연이 아닌 것 같아요. 뭔가 이상해요. 한번 알아봅
시다.”

우리에게 파울 아저씨를!

마르테 아줌마와 트린첸 아줌마는 곧장 루프레히트 씨 집으로 달려갔습니다. 문 두드리는 소리가 나자 루프레히트 씨는 소냐 팜펠 양이었으면 하고 바랐습니다. 하지만 마르테 아줌마와 트린첸 아줌마도 무척 반가웠습니다. 어쨌든 손님이 왔다는 게 좋았으니까요.

아저씨는 두 아줌마를 거실로 안내했습니다. 먼저 마르테 아줌마가 말을 꺼냈습니다.

"무슨 말부터 해야 할지 모르겠군요. 루프레히트 씨, 요즘 편지를 자주 받는다고 들었는데요."

"맞습니다."

"물론 우리는 당신 편지를 읽고 싶은 마음은 없어요. 하지만 잠깐만 편지를 보여 주실 수 없을까요?”

“뭐, 안 될 것도 없지요.”

루프레히트 아저씨는 베개 밑에서 소녀 팜펠 양의 편지를 가져왔습니다.

“어머나!”

마르테 아줌마와 트린첸 아줌마는 동시에 똑같이 소리쳤습니다.

“똑같아!”

“이거 정말 아주 이상한 일이군요.”

트린첸 아줌마가 깜짝 놀라며 말하자 마르테 아줌마가 잠시 무언가 생각하더니 말했습니다.

“우연이 아닌 것 같아요. 오늘이 무슨 요일이죠?”

“목요일이잖아요.”

루프레히트 아저씨가 대답했습니다.

“좋아요. 그렇다면 파울 씨는 지금 황금돼지식당에 앉아 콜라를 마시고 있겠군요. 지금 당장 파울 씨를 찾아가 봐야겠어요.”

그들은 곧 황금돼지식당으로 갔습니다. 그리고 콜라 잔을

앞에 두고 낱말 퀴즈를 풀고 있는 파울 아저씨를 발견했지요.

"앉아도 될까요?"

마르테 아줌마가 물었습니다.

"되고말고요. 어기 앉으세요. 낱말 퀴즈를 풀고 있는데, 도
와주시겠어요?"

"낱말 퀴즈는 나중에 하고, 먼저 물어볼 게 있어요."

“뭔데요?”

파울 아저씨는 왠지 기분이 좋지 않았습니다. 마르테 아줌마는 말을 계속했습니다.

“우리 세 사람은 모두 편지를 받았어요. 나는 브로이어 씨에게서, 트린첸 부인은 친척 세바스티안에게서, 그리고 루프레히트 씨는 소냐 팜펠 양에게서 말이에요.”

"그래서요? 편지를 받고 기쁘지 않았나요?"

"물론 기뻤죠. 그런데 이상한 건, 우리 중 누구도 편지를 쓴 사람에 대해 전혀 모른다는 거예요. 전엔 한 번도 들어 본 적이 없는 사람들이라고요. 나는 토마스 브로이어 씨를 모르고, 트린첸 부인도 캐나다에 있는 친척을 모르죠. 루프레히트 씨도 소냐 팜펠 양을 만난 적이 없고요."

"왜 그런지는 저도 모르죠."

"그런데 더 이상한 건, 편지를 보낸 세 사람이 모두 같은 필체를 가지고 있다는 거예요. 그것에 대해서도 할 말이 없나요?"

파울 아저씨는 고개를 떨구었습니다. 고개를 들 수가 없었지요.

"말씀 드리죠. 모든 걸 알게 되셨군요. 편지를 쓴 사람은 바로 접니다. 저는 마음이 무척 아팠어요. 여러분이 편지를 한 통도 못 받는 게……. 그래서 생각해 낸 게, 그래서 생각해 낸 게……."

파울 아저씨 눈에 눈물이 고였습니다.

"울 필요까진 없어요. 좋은 일을 하려고 했던 거잖아요."

마르테 아줌마가 아저씨를 위로하자 트린첸 아줌마가 물었습니다.

"당신이 편지를 썼다면, 캐나다 우표는 어떻게 구했죠? 그리고 그 도장은요?"

"부인의 주소를 봉투에 써서 큰 봉투에 넣은 다음 제 동생에게 보냈어요. 우표를 붙여서 다시 저에게 보내라고요."

그 때 갑자기 루프레히트 아저씨가 소리쳤어요.

"소냐 팜펠 양이 여기에 다시 나타닌다면, 난 그녀에게 청혼을 할 거예요. 그녀가 세바스티안이나 브로이어 씨와 필체가 같은지 다른지는 상관 없어요."

　다음 날, 이 모든 소식을 전해 들은 정보통신부 장관님은 화가 나서 어쩔 줄을 몰랐습니다.

　"믿을 수 없는 일이야! 우체부가 편지를 꾸며서 쓰고, 자기 마을 사람들에게 배달하다니……. 게다가 답장을 쓰기 위해 마을 사람들의 편지를 뜯어서 읽다니!"

　그러자 비서가 말했습니다.

　"하지만 장관님, 소문이 얼마나 빨리 번져 나가는지 알고 계시잖아요. 그것도 엉뚱하게 바뀌어서 말이죠. 실제 이야기는 전혀 다를 수도 있습니다. 제가 장관님이라면 그 마을에 가서 어떻게 된 일인지 직접 알아보겠습니다."

　정보통신부 장관님은 콧수염을 쓰다듬으며 골똘히 생각에 잠겼습니다. 그리고는 외투를 입으며 말했지요.

　"자네 말이 맞아. 내가 직접 알아봐야겠어."

　장관님은 곧장 자동차를 타고 파울 아저씨가 살고 있는 마을로 출발했습니다.

하지만 마을로 가는 도중에도 좀처럼 화는 가라앉지 않았습니다.

"내가 들은 게 전부 맞다면 그 우체부는 큰 벌을 받게 될 거야!"

네 시간 후 장관님은 마을에 도착했습니다. 배가 너무 고파서 장관님은 먼저 황금돼지식당으로 들어가 돈가스를 시켰습니다. 그리고 식당 주인에게 물었지요.

"이 마을의 우체부 이름이 뭐지요?"

"파울 파울젠이라고 하는데요."

주인이 대답하자 장관님은 주인에게 부탁했습니다.

"그 사람에게 전화해서 이리로 오라고 해 주시겠어요? 하지만 내가 정보통신부 장관이라는 말은 하지 말고요."

잠시 후 식당 주인이 전화하는 소리가 들렸습니다.

"파울, 황금돼지로 빨리 와. 누군가 자네를 찾고 있어. 뭐라고? ……말하면 안 된다고 정보통신부 장관님이 말씀하셨는데……. 아무튼 그러니까 빨리 오라고!"

그러고 나서 식당 주인은 마르테 아줌마와 트린첸 아줌마에게 전화를 했습니다. 그리고 식당 밖에 있던 루프레히트 아저씨도 불렀지요. 장관님은 이들이 누군지 금방 알아차렸습니다.

15분쯤 뒤, 모두 식당으로 와서 장관님의 식탁 앞에 앉았습니다.

"당신이 우체부 파울 파울젠 씨인가요?"

장관님의 물음에 파울 아저씨는 고개를 끄덕였고, 장관님은 계속 말했습니다.

"이미 이야기를 들어 알고 있습니다. 그 모든 게 사실인지 알고 싶군요."

"사실입니다."

파울 아저씨는 조용히 대답했습니다.

"하지만 내가 무슨 말을 하려는지는 모르겠지요."

"알고 있습니다. 저는 편지를 꾸며서 쓰고, 답장을 뜯어 본 뒤 다시 편지를 썼습니다.”

그러자 얼른 마르테 아줌마가 끼어들었습니다.

“그저 좋은 일을 하려고 한 것뿐입니다.”

“좋은 일을 하려고 했든 아니든 간에, 이건 근무 규정에 크게 위반되는 일입니다. 그러니까 파울젠 씨를 해고하는 수밖에 다른 도리가 없습니다. 이 마을엔 새로운 우체부가 올 겁니다.”

장관님의 말에 마르테 아줌마는 벌떡 일어나서 곧장 식당을 나가 버렸습니다.

“제가 우체부로 계속 일할 수 있는 다른 방법은 없습니까?”

파울 아저씨가 물었지만 장관님은 고개를 저었습니다.

“안타깝지만 할 수 없습니다. 당신은 정말 제 마음에 드는 사람이에요. 순수하고 따뜻한 마음에서 그런 일을 했다는 걸 잘 압니다만, 어쨌든 근무 규정을 위반한 것은 틀림없습니다. 그에 대한 대가는 받아야 합니다.”

“그렇지만 우리는 파울젠 씨를 이미 오래 전에 용서한걸요.”

트리첸 아줌마가 말했지만 장관님의 마음은 변하지 않았습니다.

“저는 법을 따를 뿐입니다.”

파울 아저씨의 얼굴은 금방 어두워졌습니다. 트린첸 아줌마의 얼굴에도 웃음이 사라졌지요.

"소냐 팜펠 양이 저에게 자주 편지를 쓰지 않은 건 파울 씨 책임이 아닙니다,"

루프레히트 아저씨가 갑자기 그렇게 말하자 장관님은 깜짝 놀라 아저씨를 한 번 쳐다보고는 다시 파울 아저씨에게로 몸을 돌렸습니다.

“파울젠 씨, 저는 개인적으로 당신에게 아무런 유감이 없습니다. 그것만은 알아 주셨으면 좋겠군요. 그런 마음에서 마을 분들께 돈가스를 대접하고 싶습니다. 이 집 돈가스는 정말 맛이 좋더군요.”

“대단히 감사합니다만, 전 입맛을 완전히 잃어버렸습니다.”

파울 아저씨가 기운 없이 대납하자 장관님은 다시 말했습니다.

“그렇다면 나 혼자서라도 하나 더 먹겠어요. 주인 양반, 돈가스 하나 더 주시오.”

그런데 장관님이 돈가스를 다 먹자마자 황금돼지식당 문이 열리더니 마르테 아줌마가 안으로 들어왔습니다. 온 마을 사람들을 데리고 말이에요. 무서운 기세로 몰려드는 사람들을 보고 장관님과 식당 주인, 트린첸 아줌마와 루프레히트 아저씨는 깜짝 놀랐습니다.

조금 뒤에야 무슨 일인지 알게 되었지요. 마을 사람들이 모두 함께 외치기 시작했거든요,

“우리는 우체부 파울 씨와 함께 있고 싶습니다! 우리는 우체부 파울 씨가 필요합니다! 우리는 우체부 파울 씨를 원합니다! 우리는 우체부 파울 씨를 원합니다!”

장관님은 포크와 나이프를 내려놓고 자리에서 일어나 말했습니다.

“여러분, 저도 기꺼이 여러분의 희망 사항을 들어 주고 싶습니다. 하지만 근무 규정상 어쩔 수 없습니다.”

“그게 우리랑 무슨 상관입니까? 우리는 파울 씨를 원합니다! 그래서 이렇게 다들 모였습니다.”

뒤쪽에서 누군가가 소리쳤습니다.

"하지만 그는……."

장관님이 더듬거리며 말을 이으려고 하는데 다른 누군가가
또 큰 소리로 말했습니다.

"파울 씨는 이미 다시는 그러지 않겠다고 약속했습니다. 우
리가 원한다면 파울 씨는 우리의 우체부로 남아야 합니다. 장

관님께서 완전히 잘못 아신 겁니다."

그러자 잠시 생각한 후 장관님은 대답했습니다.

"좋습니다. 저는 아무 조치도 취하지 않겠습니다. 저는 아무 것도 할 수가 없습니다. 여러분이 그렇게도 파울젠 씨를 원한 다면 어쩔 수 없지요. 파울젠 씨, 계속 이 곳의 우체부로 일하 세요."

마을 사람들은 환호성을 지르며 파울 아저씨를 어깨 위로 들어올렸습니다.

장관님은 트린첸 아줌마에게 물었습니다.

"이 마을엔 몇 명이 살고 있나요?"

"250명이 살고 있습니다."

그러자 장관님은 소리쳤답니다.

"주인 양반, 돈가스 250개를 가져오시오!"

입맞춤, 그리고 이야기의 끝

마지막 이야기는 아주 짧은 이야기입니다. 한번 들어 보세요.

그 때 황금돼지식당에 모인 많은 사람들 중에는 마을에서 한 번도 보지 못한 아가씨가 섞여 있었답니다. 꽤 큰 키에 금발 머리를 양쪽으로 땋아 내린 아가씨는 사과처럼 빨간 볼에 파란 눈을 가지고 있었지요. 루프레히트 아저씨는 돈가스를 반쯤 먹고 나서야 그 아가씨를 보았습니다. 아가씨는 아저씨 뒤쪽 식탁에 앉아 있었거든요. 아가씨를 보자마자 아저씨는 고깃조각이 목에 걸리고 말았습니다.

"저 사람은……."

아저씨는 자리에서 일어났습니다. 그러고는 아가씨에게 다가가 조심스럽게 물었지요.

“혹시 소냐 팜펠 양 아닌가요?”

“아뇨, 저는 크리스티아네 폼펠인데요.”

“당신 옆에 앉아도 될까요?”

“그럼요.”

두 사람은 서로 많은 얘기를 나누었습니다. 레몬 주스도 함
께 마셨지요. 두 사람은 금세 친해졌습니다.

정확히 보지는 못했지만 확실합니다. 열시쯤 두 사람은 서
로 입맞춤을 했답니다.

존경하는 파울 아저씨께

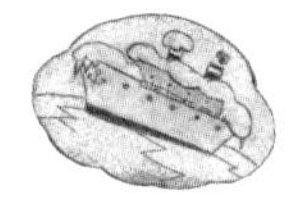

아저씨가 우체부로 계속 일하시게 된 것을 우리 모두 기뻐하고 있어요. 장관님이 어떤 결정을 내리실지 얼마나 마음을 졸였는지 몰라요.

아저씨는 '세상에서 가장 훌륭한 우체부' 랍니다. 아저씨는 우리에게 가장 아름답고 소중한 선물인 사랑을 전해 주셨으니까요.

아저씨는 엽서도 한 장 받아 보지 못한 마을의 세 사람이 느끼는 외로움을, 그들의 안타까운 기다림을 모른 척 그냥 지나치지 않으셨어요. 마음 아파하며 어떻게 해야 할까 밤새 고민하셨지요. 그리고 변함 없는 지루한 일상 생활에서 생기를 잃어 가고 있는 그들에게 새로운 활기를 불어넣어 주셨어요.

상상력 풍부한 트린첸 아주머니에겐 먼 친척 세바스티안으로 등장해서 낯선 세계에 대한 기대를 가지고 더 많이 상상할 수 있는 기쁨을 주셨고, 이삿짐 센터의 루프레히트 아저씨에겐 사랑이란 감정의 설렘을 통해 삶의 의미를 새롭게 가질 수 있게 해 주셨어요. 남편이 죽은 뒤 정육점 일마저 그만두고 갑자기 한가해진 마르테 아주머니에겐 어린 시절로 돌아가 자신이 어떻게 살아 왔는지 뒤돌아볼 수 있는 시간을 마련해 주셨지요. 그들은 이제 더 이상 지루해하지 않아요. 다른 사람의 관심을 받고 있고 자신의 일상사를 나눌 수 있게 되었으니까요. 그로 인해 삶의 의욕을 되찾았으니까요.

미지의 것에 대해 상상의 나래를 펴는 일, 보이지 않는 사랑의 대상을 찾아 헤매면서도 희망을 버리지 않는 열정, 그리고 자신에게 관심을 가지는 이에게 지나간 삶을 이야기해 주는 일! 생각만 해도 신나고 즐거운 일이에요. 그 신나고 즐거운 일을 아저씨가 만들어 주신 거지요. 이런 아저씨를 어떻게 이 세상에서 가장 훌륭한 우체부라고 하지 않을 수 있겠어요. 더구나 아저씨의 뛰어난 상상력과 재치 있는 유머는 정말로 재미있었답니다.

아저씨에게서 다른 사람을 위할 줄 아는 따뜻한 사랑을 배었어요. 앞으로는 편지 많이 쓸 거예요. 편지가 나와 다른 사람들에게 커다란 기쁨을 준다는 사실을 알게 되었거든요.

파울 아저씨, 다른 사람들에게 매일 편지를 전해 주기만 하시니 힘드시죠? 오늘은 이 편지를 받고 아저씨도 기뻐하셨으면 좋겠어요. 답장 꼭 해 주셔야 해요!

그럼 안녕히 계세요.

2003년 9월 25일

아저씨의 열렬한 팬 이은주 드림

글쓴이 **미하엘 슐테**

1941년 독일 뮌헨에서 태어났으며 독일학, 역사, 철학을 공부했습니다. 여러 편의 소설과 기행문을 썼으며, 독일의 찰리 채플린이라 불리는 칼 발렌틴의 전기를 집필했습니다. 주요 작품으로는 『로지와 다른 부인들의 생애』『아메리카의 정글 왕』 등이 있습니다.

그린이 **디터 콘제크**

1962년 독일 슈투트가르트에서 태어나 슈투트가르트 자유예술학교를 다녔습니다. 주요 작품으로는 『이야기꾼 테오』『색깔을 부르는 아이』 등이 있습니다.

옮긴이 **이은주**

숙명여자대학교 독어독문학과와 동대학원을 졸업하고 독일 기센 대학교에서 독문학 박사 학위를 받았습니다. 『우체부 파울 아저씨』를 우리말로 옮겼습니다.

우체부 파울 아저씨

1판 1쇄 2003년 10월 9일 | 1판 10쇄 2021년 1월 4일
글쓴이 미하엘 슐테 | 그린이 디터 콘제크 | 옮긴이 이은주 | 펴낸이 염현숙
편집 염현숙 조연주 염미희 | 디자인 박정은 정연화
마케팅 정민호 최원석 | 홍보 김희숙 김상만 함유지 김현지 이소정 이미희
제작 강신은 김동욱 임현식 | 제작처 한영문화사(인쇄) 경일제책사(제본)
펴낸곳 (주)문학동네 | 출판등록 1993년 10월 22일 제406-2003-000045호
주소 10881 경기도 파주시 회동길 210
전자우편 kids@munhak.com | 홈페이지 www.munhak.com
카페 cafe.naver.com/mhdn | 북클럽 bookclubmunhak.com
트위터 @kidsmunhak | 인스타그램 @kidsmunhak
대표전화 (031)955-8888 팩스 (031)955-8855
문의전화 (031)955-3570(마케팅) (02)3144-3238(편집)

ISBN 89-8281-726-3 03850

잘못된 책은 구입하신 서점에서 교환해 드립니다. 기타 교환 문의: (031)955-2661, 3580

어린이제품 안전특별법에 의한 기타표시사항 제품명 도서 | 제조자명 (주)문학동네 | 제조국명 한국 | 사용연령 11세 이상